별꽃뿌리이끼

별꽃뿌리이끼

이아영 시집

불교문예

옥상에 놓아둔
빈 오지 화분에 까마중 세 그루
저절로 싹이 돋았다

정성껏 잘 돌봐 주었더니
콩알만 한 열매가 많이 열려줘서
몇 달째 직박구리 한 마리가
욕심 없이 먹을 만큼만 따먹고
고맙다며 한 소절 노래한다

그래그래
나도 매일 너를 보니 반갑고 고맙다
항상 동쪽 하늘로 날아가는 직박구리
그 연유가 궁금한 날이다

2023년 초겨울 묘법당에서
호정湖靜 이아영

차례

2부 팬데믹 뜨락

3부 풍경소리 보다

4부 나의 둥지 꽃기린

1부

별꽃뿌리이끼

세심각洗心閣

원추리 한 송이 꽃대 올린 뜨락 너머
외줄 높이
레일바이크에 몸 맡기고 허공을 오른다

숨 가쁘게 키질하는 바람 한 자락
푸른 햇살 속에서 술래잡기하는가
솔숲 바위틈으로 소맷자락 감춘다

윤오월 초하루 염불 소리 청청한데
안경 밑으로 주르륵 눈물비
참회를 태우는 촛농의 그림인가

허접스러운 생각일랑 큰 바위 밑에 묻어둘까
흐르는 샛강으로 띄워 보낼까

물레방아 멎은 연못 속에는
황금물고기 두어 마리, 네 잎 클로버를 입에 물고

연잎 밑으로 지느러미 살랑거린다

올 같은 가뭄에도
큰 바위 밑에서 샘물 솟는 수암사水岩寺
외줄 타고 내려놓은 하심下心이다

보리암 풍경 또는 관음

관음전 처마 끝에서
들려오는 음성을 보고 있다
풍경의 음향은
바람의 복청이 아니라
스님들의 고요한 독경 소리 기척
물고기 한 마리 허공에 매달고
바람의 등뼈 어루만지며
관세음보살 명호를 반복하는 몸짓
옥타브 반음을 올렸다 내렸다 한다
지느러미 활개 치며
살집을 다듬는 청량한 소리
단 한 번 숨결 헐떡인 적 없다
내 뇌리에 실금 켜는 해수 관음
두루두루 전각을 참배하고 내려오는 길
시방세계 도량에 법 향기 가득하고
파란 하늘에 목화밭 꽃송이 송이
오색 찬란한 탱화불사 한창이다

아욱꽃

너와지붕 찻집 앞에 분홍색 아욱꽃

문득, 별이 된 어머니의 환생이었을까

여물지 못한 씨앗 하나 얻기 위해

동트기 전 장독대 정화수에

두 손 모은 그 정성

해바라기 달바라기 별바라기

은하처럼 흐르고 있었네

뭣이 염려스러워 눈꺼풀 아리울까

아욱꽃 한 송이 내 가슴에 품었네

별꽃뿌리이끼

나를 탁본해 보실래요

이끼는 이끼인데
별같이 생긴 이끼일까요
꽃같이 생긴 이끼일까요
뿌리같이 생긴 이끼일까요

나를 현미경으로 보실래요
꽃이라고 하면 꽃잎도 있고
꽃받침도 암술도 씨방도 다 있지요

다시 한번 관찰해보실래요
내 몸엔 달걀이 두 개 있어요
배와 등에 말이에요
이빨도 두 개 있다니까요
아무것도 씹을 순 없지만

뿌리, 뿌리는 아마도
못 찾으실 거예요

소리 없이 웃고는 있어도
속 깊이 울고는 있어도
도대체 눈물을 모르는 내 모습

앉은 자리가 꽃자리라고
살다 보니 눈물샘이 다 말라버린
별꽃뿌리이끼 여기 있어요

춘분에 핀 목화송이

원추리 새싹도 파릇파릇 올라오는데
산수유꽃 방긋방긋 나비잠을 깨는데
진달래 꽃망울도 어느 소녀의 초경인데

낮과 밤 길이가 같은 날
눈발이 분분히 눈 시리게 내리네

샤갈의 마을에 내린 눈은
지붕을 덮고 굴뚝을 덮었을 뿐이지만
한천로 벌리 마을에 내리는 눈은
동화 나라를 만들고 있네

오패산 중턱의 즐비한 돌탑에 내려앉아
옥양목 이불을 무더기로 깔아놓고
나뭇가지마다 연둣빛 천사를 환생시키네
피어라 피어나라 날갯짓하네

3월의 한가운데서
송이송이 목화송이 날아다니네

생의 춤
─ 꽃줄 잡은 동자상

육중한 꽃줄 어깨와 하체에 두르고
랩에 맞춰 춤추는 팔상 조각상
전라全裸 근육질을 자랑하는 남성상

꽃줄 속에 팔다리 죄다 감추고
가슴만 드러낸 여성상
꿈틀대는 용트림에 자스민 제라늄이 피어난다

생사의 경계가 없는
저 해탈의 경지

시화詩畵

　움츠렸던 겨울 가고 봄이 와 땅의 지붕 열고 돌단 풍 몽실 꽃 피었다 울퉁불퉁 돌화분에 풍선덩굴 꽃 씨를 묻어놓고 좁쌀만 한 애기꽃 피우길 기다려본다 붓꽃 이파리 손에 잡힐 만큼 올라왔는데 좀체 먹이 갈리지 않는다 멀리서 솔솔바람 타고 날아온 송홧가 루 빈 뜨락에 황조롱이 조잘대는 멋진 시화 걸개를 기대해본다

돌꽃

바람이 키질하다 멈춘 자리에
꽃망울 뾰족 입술 내밀고
장대비 얻어맞았다가 아문 자리에
파들파들 꽃잎이 돋고

천년만년 세월
날마다 다른 하늘을 들이마셔도
우레 칠 땐 고막이 터져 끙끙 앓을 텐데
삼복염천에 까맣게 탄 살갗

보름달만 환한 빛으로 식혀줄 텐데
엄동설한 폭설을 맞아 딴딴해진 민낯엔
먹물 색깔 밤하늘
수 없는 별들만 스며들 텐데

귀 맑힌 새소리조차 차곡차곡 저장하여
이슬 머금은 꽃봉오리 탐스럽게 벙글었네

천년에 한 번 피어

지지 않는 수석壽石꽃

산호 귀고리

당신의 혀를 차마 밀어내지 못한 건

두툼한 당신 가슴 싫은 것이 아니라, 아니라

비릿한 바닷새가 목청껏 부르던 노래

해삼 겉 표피처럼 물컹대는 슬픔을 흡입할 것 같아서요

밀물과 썰물 사이 몽돌들의 속삭임, 찰랑찰랑…

양쪽 귓바퀴에 걸렸나 봐요

산호 귀고리에 입 맞춰 주실래요

별똥별 쏟아지는 칠흑 같은 밤하늘

바닷바람이 블루문 노 저어가요

종소리

기암절벽 매달린 정취암 종소리는
부연 끝 풍경에 포물선을 그어놓고
귀먹은 귓전에 법구경을 설한다

벼랑에 몰려온 세월의 홍진紅塵일랑
뒷걸음 친 어두운 동굴
자국마다 환히 밝혀
앙가슴에 다가온 정취보살 마하살이여

한 사나흘쯤 마음 씻고 가라며
한사코 누추한 내 옷자락을 잡는다

낮달의 그림

아파트 담장 경계엔
불혹을 넘겼을 벚나무가
난데없이 꽃비를 흩뿌리고
양지바른 소나무 밑, 몽돌 틈
민들레꽃 두 송이 활짝 웃는다

눈썹달 지고 또다시 꽃피는 사이
어느 동갑내기 중년 부부
부부의날 자축自祝 타임이다

남편은 백세주잔 들고
아낌없이 사랑하며 살고지고
아내는 끊임없이 복 많이 지으려고
복분자잔 들고
서로를 채워주는 싱그러운 봄날이다

낮달도 방긋방긋 볼우물 기웃대며

창문 열고 다소곳이 들어와

먹물에 대붓 세워 벽화를 그린다

덜꿩나무

덜꿩나무는 스피커 세 뼘 곁에 산다

일요일 이른 아침
산속에서 흘러나오는 음악에 젖어
이파리 살랑살랑 왈츠를 추고 있다

꽃 진자리 빨간 열매 알알이 열리라
랄랄라 랄랄라
내 맘도 따라 춤추고 있는걸

늦게나마 알아차리고
벌떡 일어나
오솔길을 걷기 시작한다

구름 한 점 없는
유월 햇살이 선글라스를 벗으며
방긋방긋 내 뺨에 입맞춤하고 달아난다

쥐똥나무꽃

아파트 울타리를 지키고 있는 넌
매년 이맘때면 자잘한
흰 꽃 웃음이 가득해

어느 누가 너를 보고
쓰다듬지 않아도
누구도 따라갈 수 없는 그윽한 체취,
봄비에 옷 젖는 줄 모르고
밤낮없이 서 있구나

캄캄한 밤하늘에 민낯으로 나타난
별나라서 날아온 엄마의 행주치마 냄새인가
온몸 스미도록 망부석이 되겠다

2부

팬데믹 트락

팬데믹 뜨락

나뭇가지마다 빠알간 앵두알

싱그럽게 웃고 있는 5월 아침

꽃사과나무 연둣빛, 애기방울소리 딸랑이고

전지 당한 키 큰 대추나무

금화조 둥지를 수평으로 매단 채

묘순妙順이와 묘남妙男이에게

가 나 다 라를 가르치고 서 있네

돌탑 옆, 블루베리꽃 진 자리에

각시붓꽃 보라 꽃물 스며들고

술래잡기하던 부전나비 한 마리

누구 품 안에서 나래 접고 있나

안개꽃 무리 속의 붉은 장미 한 송이

눈 시리게 찾아봐도 보이지 않네

바람 한 자락 구름 한 점 없는 심사心事

목울대 쿨럭이는 기침 소리만

뜨락 너머 종식역終熄驛으로 줄행랑치고 있네

* 금화조 부부 이름

바다의 파수꾼

필리핀 보라카이나 태평양 섬나라 해안선에는
맹그로브* 나무들이 살고 있는데요
팔 길이만큼만 바닷물에 뿌리를 담그고
나머지 크고 작은 뿌리들은 허공으로
얼키설키 뻗은 등나무 넝쿨처럼 뒤엉켜 사는데요
바다로 내린 뿌리 밑에는 이끼도 살고
조개 굴 새우 진흙 가재도 살아요
짜디짠 물만 먹고 사는 맹그로브는 숲을 이루고
거친 파도 지진 해일에도 끄떡 않고 버텨내는
자연 방파제 역할을 하는데요
뜨거운 햇살에도 초록 잎새는
별같이 반짝이며 울울창창 오래도록
바다를 지켜내고 있으니
그를 생태계 파수꾼이라 부르면 안 되나요

* mangrove : 붉은 나무라는 스페인어

숨 쉬는 꽃
— 영화 패터슨을 보고

패터슨 시에 사는 패터슨은 버스 운전기사다 그의 아내 로라는 컨트리가수가 되는 게 꿈이다 멀쩡한 옷에 무늬를 그리고 가구에 페인트칠을 하고 커튼에 구멍을 뚫는 그녀는 변치 않는 뮤즈다

일상의 톱니바퀴에 비밀 노트가 하나 있는 그는 애완견 마빈과 산책하며 시상이 떠오르면 쉽게 시를 쓴다

그녈 위해 쓴 '난 담배가 되고 당신은 성냥' 이란 시구에 전율이 인다 비가 올 때는 '하늘에서 찰랑거리는 머리칼처럼 물이 떨어진다'라고 쓰고 당신이 아이스박스에 넣어둔 자두를 내가 먹어서 미안하다고 시를 쓴다

그에게 일상은 남과 달리 언제나 새로운 세계이고 발견의 대상이다 사물과 세계 속에 숨어있는 진실들은 그의 눈에 들킨 숨 쉬는 꽃이다

보리밥집

메뉴는 딱
보리밥과 막국수뿐인데요

보리밥 2인분을 시켜놓고 멀뚱히
한쪽 벽면에 눈길을 주었었는데요

맛있어요 꿀맛이어요 고향 맛이네요
둘이 먹다 하나 죽어도 모를 맛이네요
또 올게요 나의 단골 보리밥집

오색 포스트잇이 종이꽃으로 피어있었지요

금방 나왔어요
양푼 보리밥 한 공기
큰 접시에 갖가지 산채
곧이어 구수한 된장국이 나왔었지요

대여섯 가지 푸성귀를 넣고

고추장 참기름도 넣고 쓱싹쓱싹 비벼

배불리 먹은 뒤 동동주 한 잔씩

권커니 잣거니 못했지만, 별미 중의 별미였죠

사는 게 뭐 별거 있나요

황사 바람 잦아들고 햇살 좋은 이런 날

당신과 오패산 데크길을 산책하고 오다가

짜르르 시장기 돌 때쯤 그 집에 갑시다

산해진미 못지않게

보글보글 된장국으로 향수에 빠뜨리는

두고두고 가고 싶은 보리밥집

체중계

내 등에 올라설 때마다

다리가 떨리고 심장도 두근거리지

바늘이 자기 발바닥을 찌를 거야

될 수 있으면 바늘이 왼쪽으로 움직이게 하란 말이야

오늘도 친구 만나 피자 한 판 먹어 치웠잖아

커피에 시럽까지 넣어 마셨잖아

동네 앞산을 매일 다닌다고 해놓고

왜 내 말을 안 들어?

내 말 잘 들으면 S자 몸매에 옷맵시도 날 텐데

그것뿐이겠어?

편두통 만성 소화불량 잔병치레 사라질 텐데

좀 잘 봐달라는 말도 하지 마

날 매몰찬 사람이라 말하지 마

자기가 내 등 자주 오를수록 체중 관리 잘해줄게

어김없이 약속 잘 지킬게

건강 체크까지 해주는 스마트한 남자

모성애母性愛

직박구리 어미새가

앵두나무 가지에 걸터앉아

와~아 여기다 여기야

청아한 목청으로 한 소절 선창先唱한다

새끼새 두 마리 어린 날갯짓으로

포르르 벽돌 담장에 앉아

어미가 물고 온 빨간 앵두알

크게 입 벌려 짹짹 짹짹 잘도 받아먹는다

근처 어디선가 날아온 아빠새

망보고 있다가 보초라도 서듯이

주위를 대여섯 번 날아다닌다

아서라, 스쳐 가는 산들바람아

직박구리 가족의 진한 자식 사랑

나도 모르게 두 손 모아 고개 숙인다

아미蛾眉의 꿈

그녀가 주고 간 야생화 화분에서
좁쌀 한 알 만한 꽃 한 송이 피었다

허구한 날, 길에서 꿈을 줍는
폐품과 파지破紙를
눈 초롱초롱 뜨고 쉴 새 없이 헤맨다

한 번쯤은 흔들리는 오후 해먹에 누워
한가하게 조신의 꿈* 꿔 볼 만도 한데

수국꽃 지고 비 온 뒤에도
어느 골목길을 서성이는지
류머티즘에 걸린 갈퀴손
뇌리를 맴돈다

차곡차곡 모아 놓은
상자와 신문 사이

쪼그만 금관화꽃 말갛게 웃고 있다

* 삼국유사에 나오는 조신스님이 꿈을 깨고 난 뒤 깨달음에 정
토사를 세워 기도 정진하였다는 전설.

빈 의자의 생각

누가 나를 이곳에 버린 걸까
인적 드문 근린공원 구석
후박나무 그늘에 홀로 있구나

낡고 칠이 벗겨져 안쓰러웠나?
간밤엔 들고양이가 체온을 나눠주더니
오늘은 흰 비둘기가 울음을 놓고 날아간다

손바닥만 한 잎사귀 하나가
툭! 내 어깨에 죽비 치듯 떨어진다
내게 무슨 말을 걸고 있는지
무수한 잎맥 사이사이 빈칸마다
지난 시간 채워 넣으라는 건지
그 가을 이야기도 조금씩 새기라는 건지

구름 뒤에 숨어 있던 해님은
버려진 자의 외로움을 미리 알았나

환한 얼굴 내밀며 시제詩題 하나 던져준다

'너는 이 가을 무엇으로 사느냐?' 라고

뻐꾹새 통곡

중국 어느 호텔에 통곡주점이 있다는데요
우리 돈 몇천 원이면
한 시간 울 수 있다는데요

쌓아놓은 접시를 실컷 깨뜨릴 수 있다는데요
두 시간 세 시간도 울 수 있다는데요

접시를 깨자 접시를 깨자
금 간 접시를 마음껏 깨부수자

봇물 터지듯 막혔던 설움이
칠월의 장맛비처럼 자락자락
질펀하게 쏟아지는 날

너럭바위 지나 억새꽃 손짓하면
무리 지어 만개한 산딸나무
꽃길 환히 밝히더니

어느새 산딸 알갱이 볼우물 붉도록

내 맘 창가에 찾아와

출렁이고 있네요

강아지풀

볼에 닿지 않아도 너의 손끝

겨드랑이 간지러움 타

부드러운 손길 탓하다가

간밤에 단잠 설친 풀잠자리 눈곱에

청포도 한 송이 주렁주렁 열린 것이

안과에선 포도막염이라니

백내장으로 가는 길목이라니

경칩驚蟄

카레 요리를 해 먹던 밤이다
냄새를 듣고 온 파리 한 마리
온 방을 윙윙거리며 날아다닌다
에프킬라 찌이익 찍 뿌려대도
잽싸게 천장으로 화장대로 부딪히며 난다
거실로 내보낼 작정으로 또다시 칙칙 뿌린 뒤
윙윙대는 소릴 자장가로 들으며 설핏 잠이 들었다
얼마만큼 잤을까?
내 볼에 달라붙은 자장가 소리
불현듯 찰싹 뺨 때리면서 일어나니
파리는 보이지 않고
스타카토 자장가 파닥이는 날갯짓 소리
꽃잠 깨우는 봄비처럼
잠 못 들게 하는 경칩 지난 밤이었다

루드베키아

두 눈을 감지 못 했는가

기다림에 지쳐 쓰러지고 만

눈알이 검게 둥그려져 나온 그대여

당신 곁에 한 영혼이 있잖소

전설처럼 오래도록 살고지고

오디의 꿈

교정 뒤뜰 뽕나무

알알이 열린 오디

한 움큼 따주던 까까머리 머슴애

지금은 어디서 무얼 하고 있을까

톡 쏘는 새콤달콤

손바닥 짙게 물들던

보랏빛 여운

초로의 나이에도

내 가슴 속

쉼 없이 흐르는 적벽강

늙지 않는 소년

3부

풍경소리 보다

풍경소리 보다

바람이 풍경소리를 만들지만
꼭 바람이 분다고
소리 내지는 않는다

북동쪽에서 남서쪽으로 바람이 불어올 때
부엌 창문을 열어놓아야 풍경
댕그랑 댕그랑 소리를 낸다

물고기 한 마리 목숨 걸고
쇠줄에 등뼈 매달려
풍선덩굴 씨앗 하트처럼
절반을 그리고 또 반을 울린다

입을 뾰족하게 내밀고
지느러미로 숨을 쉬며
한 번도 헐떡인 적이 없다

앞뒤 좌우 자유자재로 적당한 거리를 두고

화엄경 한 구절 두 구절 읊을 때마다

눈과 귀가 맑아지고 코가 뻥 뚫린다

가을 붙잡는 긴 머리 소녀

저기 저어
낙엽 흩뿌리는 바람을 보셨나요
오색으로 물든 입술 닮은 이파리
꽃 같은 나뭇잎
스르르 포물선을 타고
슝슝 슈슝~ 옥타브를 타고
어질어질한 공중파도를 타네요

저기 저어
긴 머리 소녀를 보셨나요
찰랑찰랑 머리카락 휘날리며
꽃같이 예쁜 시절을 잡으려는지

잡힐락 말락 갈바람이 도망쳐서
허공에 두 팔 벌리고 움켰다가 폈다가
폴짝폴짝 뛰어도 깡충깡충 달려도
끝끝내 순간 포착은 물 건너가네요

단풍나무 갈참나무 은행나무 상수리나무

가을잎 꽃 같은 잎사귀들

알록달록 예쁘긴 해도 한순간이지

저기 저어

긴 머리 소녀가 찰칵찰칵 셔터를 누르네요

가을꽃 아기자기하게 펼쳐놓고

가을을 붙잡았네요

꽃문

원추리 꽃문을 통과하는 날
양쪽에 꽃대 올린 높이가
여기 서서 보면 왼쪽은 차별이요
오른쪽은 같을 여如이다

머릿수건을 빨랫줄에 널고
저쪽에서 꽃문을 나오는데
아뿔싸!
왼쪽이 평등이요
오른쪽이 높고 작게 꽃이 핀 거라

세상 사람들아!
너와 내가 다를 게 없구나
보는 방향에 따라서
뒤바뀌게 되어 있는걸

발밑에 개미 한 마리

나의 전생이었나 싶어

다시 꽃문을 반복하여 들락거린다

스치는 바람에 들켰나

내 귓불 붉게 달아오른다

헛꽃

치맛자락 활짝 펼치고
벌 나비 품고픈 헛꽃

이제나 저제나
황새목처럼
길게 빼고 있지만

참꽃 위에서나
춤사위 펼치는 벌 나비 떼여

청맹과니 붓방아*
허공의 꽃 한 송이

* 글 쓸 때 생각이 잘 나지 않아 붓대만 놀리고 있는 짓.

58

엑소더스*

가지나무 밑 방석 돌에

발랑 뒤집힌 채

발버둥 치고 있는 무당벌레 한 마리

그걸 보고 다가온 수컷 무당벌레가

여섯 개의 가느다란 발로 당겼다 놓기를 반복한다

끝내 일으켜 세우지 못하자

가지나무 잎사귀에 날아가

무당벌레 무리를 데리고 온다

궁리를 거듭하던 그들은

나무 밑동 한 가지를 늘어뜨려

뒤집힌 등 밑으로 잎사귀를 밀어 넣는다

시소 타던 이파리가 자리를 잡자

곧바로 몸을 세운 무당벌레

가지에 붙은 진딧물을 향해

더듬이를 뻗고 있다

* 엑소더스(exodus) : 어떤 지역이나 상황에서 빠져나가는 일.

배롱나무

붉은 배롱나무꽃 아래

젊은 연인 한 쌍 손잡고 정답게 걷고 있다

물가에 놀든 청둥오리 둥지로 돌아가고

칠흑같이 깊어가는 늦여름 밤

꽃향기보다 더 짙은 번개 같은 부싯돌

잔잔한 몸짓이 물보라로 일렁인다

하늘에 별 하나 유난히도 반짝인다

만추

청명한 가을날이다

사과 볼이 빨갛게 물드는 오후 2시

낮달은 어디서 무얼 하고 있는지

그림자도 인기척도 없는데

고개 떨구며 누렇게 익어가는 벼 이삭

푸른 하늘 흰 구름은 고씨동굴 박물관이다

예약 미용실

그곳에 가면
마스크 쓰고 비닐 모자까지 덮어쓴
할머니 대여섯이 앉아있다
모처럼 외출이니 수다를 떨 만도 한데
약속이나 한 듯 묵언수행 중이다

파마냐?
염색이냐?
커트냐?

미용실 주인 선창을 따라
한두 마디 하고 나서 또다시
명상에 빠지기, 참선에 빠져들기
하나 같이 일자(一)로 입 다물고

가부좌는 틀지 않아도 된다
앉거나 서 있거나

가끔 기지개는 켜도 된다
몸이 하자는 대로

누구 한 사람 불평불만 없이
달관했다, 행복해 보인다

서너 시간 후면
칠팔십 할머니 호박꽃들이
봉선화 분꽃 민들레 채송화
그리고 나팔꽃이 되어
함박웃음 피우며 가는 뒷모습
곱다, 서산에 지는 저녁노을처럼

비몽사몽 非夢似夢

유리그릇에 달걀이
한가득
담겨있었어요

한쪽 모서리 좁은 틈새에
비스듬히 꽂혀있는
달걀 하나

오장육부가 왈칵 쏟아질 것 같았어요

달걀섬을 날아본 적 있나요?
달걀섬을 걸어본 적 있나요?
아니에요
아니에요

세탁기에 들어간 적은 있지요

새로 사고는 한 번도 안 썼던

통돌이, 통돌이 세탁기

그 세탁기에
달걀을 몽땅 넣고 전원을 눌렀어요
돌돌 달달 돌고 돌아
3분 5분 7분 9분이 지나자
노른자와 흰자는 온데간데없어졌어요
수정처럼 맑은 눈부신
사금파리만 남았어요

달걀도 뼈가 있었나
껍데기가 환생했네요

난생처음
한 소식 전하는
달걀 사리舍利
하나

꽃무덤

허기진 영혼처럼 봄을 흔드는
높새바람 깃든 우이천 뚝방길
황매화 꽃망울이 톡톡 터진다

불현듯 떠오르는 유년 그 시절
오디 한 움큼 따주던
상고머리 그 소년

먼 세월 아득한 언덕 위에
붉게 타오르는 그리움
머리에 하얀 싸리꽃 피었겠지

유난히 발그레 수줍음 타던
단정한 실루엣마저 볼 수 없고
언덕 위에 그린 무지개 사라진다

내 마음 추적이는 봄비에

꽃잎 죄다 떨어져

작은 꽃무덤 덮으니

보랏빛 눈부셔 귓가에 아른거린다

독감

성주봉 단풍축제 익어가던 날
어쩌다 그 사내 내게로 다가왔을까
마음 한쪽 공허한 걸 어찌 알아채고
그 먼 길 여기까지 따라왔을까

한 보름 한 이불 속에서
한 몸으로 부둥켜안고
느슨한 심장박동 숨 가쁘게 뛰게 하더니
온몸으로 번진 신열 입속까지 타게 하더니
밀어낼수록 더욱 악착같이 달라붙는 그 사내

미워하는 마음 대신 눈 맞추고
있는 힘껏 껴안아 줬더니

어느 날 새벽
홀연히 도둑같이 떠나버렸다

텅 빈 자리에 눈물 글썽이는

희미한 실루엣 아른거린다

한낮의 독백

빈집 나 홀로 창밖을 본다

뜨락 너머 저만치 단풍나무 한 그루

연기 한 점 없이 꽃불 피운다

밤송이

뻣뻣한 가시 옷을 입었네

고슴도치처럼

오뉴월 뙤약볕도

천둥 번개 장맛비도

옹골찬 결심으로 뼛속 깊이 다진

가시 숭숭한 외투를 걸친 채로

반들반들 유두를 드러내고

빼곡히 채운 늦가을이

후드득 떨어지네

대왕꽃기린

현관 계단을 오르내릴 때마다
내 발길을 부여잡는 너
어쩌다 가시관을 썼는지는 몰라도
살몃살몃 부채질하며 머뭇거리는 내게
왜 그러니? 무슨 부탁이 있니?

시의 묘수 동화작용 문을 연다
나는 네가 되어 내게 말한다

아니요 아니에요
그냥 저 좀 봐주세요
햇살 잘 드는 데로 이사하고 싶은데
혼자선 옴짝달싹할 수 없는 몸뚱어리
윤기 자르르하던 초록 치마가
차츰 탈색되다가 기어이
죽을 지경에 이르렀지만 그렇다고
119까지 부르실 건 없고요

제발요, 저 좀 옮겨만 주세요

기다란 목을 빼고 햇살 찾다가 이젠

당신께만 매달려요

뜨겁게 달아오른 얼굴에 핀 억지웃음

4부

나의 둥지 꽃기린

묘법妙法 한 수저

동백숲 카멜리아 파란 샘터에
동박새 홀로 앉아
옴짝달싹하지 않고
무언가 깊은 사색에 잠겨 있다

이삼 분쯤 흘렀을까
두 날개 파닥이며
목욕재계 매무실 하더니
훌쩍 솟아올라
'명상의 집' 속으로 향한다

오가는 사람들 뜸해지고
땅거미 스멀대며 기어들 때
포행布行하던 내 발등에
동백꽃 한 송이 꽃술째 떨어진다

동박새 뒷일이 뭐 그리 궁금한지

연못은 알려나 연꽃은 알려나

입안에 갇힌 질문 한 수저

선문답의 깊은 뜻을 헤아릴 수 없다

사철패랭이꽃

새벽 5시 37분 수유역 지하철

오이도행 첫차가 아직 도착하지 않았다

개찰구를 향해 걷다 눈에 들어온 그림 한 장

반가부좌 자세로 머리를 무릎에 처박고

요가를 하는 것인지

꿈나라 어느 모서리에 꽂혔는가

아니다!

구겨진 하얀 쪽지에 무얼 끄적이고 있다

지상은 동지를 재촉하는 눈발이 흩날리는데

여기가 천국이라

패랭이에 숟가락 꽂은 삶은 온데간데없이

꽃을 수놓는 백지의 노숙자

문득 뜰 앞에 반쯤 핀

사철패랭이꽃 옅은 향기가

첫차를 보내고 두 번째 전동차의 귀엣말을 듣는다

거북이 마스코트

단풍나무 가지에 걸려있는 호미
손잡이 주인은 지금 어디에 계시나요

아침저녁 물뿌리개 잡았든 그 손
어느 하늘정원에서 물을 주고 있나요?

꽃사과 볼 빨갛게 달아오른 상강 한낮
곤줄박이 한 마리 푸드덕 날갯짓하는데

평원석平原石 위에 올라앉은 거북이 한 마리
가든 길 멈추더니 뒤돌아 가는군요

거북님, 거북님 그대는
푸른 바다 그리워 찾아가는 건가요

구묘지향丘墓之鄕 2

굽은 나무가 선산을 지킨다는데
곧은 나무도 굽은 나무도 되지 못한
불효 여식, 깊이깊이 참회하면서
한 걸음 한 걸음 떨어지지 않는 발길을
휘적휘적 돌립니다

하늘지기 요양원에
이삼 년 계셨어도
멀리 산다는 핑계로
자주 찾아뵙지 못했습니다

마지막 뵈옵던 그날은
서울 맏딸을 알아보셨는지
아무 말씀도 없이
고개만 끄덕이시던 어머니

정신을 못 잡고 오락가락하실 땐

잘 구운 갈치 한 점 입에 넣어드렸더니
입안에서 오물오물 삼키지 않으시데요

그해 칠월칠석 견우를 만나겠다고
새벽같이 길 떠나신 어머니
백수까지 사셨어도 미련이 남아서
눈물이, 눈물이
저절로 흐르네요 하염없이

대대로 조상님 모신 우리 선산 와동산
햇볕 잘 들고 바람도 잠든 이곳
아버님 곁에다 어머님을 모셔놓고

오늘은
부모님의 막내아들 두 내외랑
손자 민이랑
막내딸 순이도 같이 왔습니다

막걸리를 좋아하시던 아버님

식혜를 좋아하시던 어머님

몇 잔씩 올리면서

산신령님께도 잘 봐 달라 인사드리고

과일과 전을 나눠 먹다 뜬금없이

천년은 살 것같이 푸르른 소나무를 보았습니다

어느 날 문득,

엽서 한 장 물고 온 솔새가

저 소나무 가지에 앉아 지저귀면

그때는 그리 아시길 바랍니다

못난 큰딸이 안부 몇 자 보냈다고⋯

두 분이 조부모님 옆에 계시니

안심하고 돌아가겠습니다

언제 또 찾아뵐 때까지

안. 녕. 히⋯⋯

너는 누구냐?

왕산 둘레길을 서너 바퀴 도는데
하얀 목화솜을 양 날갯죽지에 달고 있는
새 한 마리

너는 누구냐?

그래, 날 한 번 힐끗 쳐다보곤 등을 돌린다
한참 동안 제자리서 원을 그리며 뱅뱅 돌더니
뒤돌아보지 않고
대나무 숲으로 날아가 버렸다

불타던 붉은 장미도 한 시절
노란 은행잎의 미움도
다 부질없는 것

비로자나불을 친견하고
돌아오는 길
돌지 않는 초침을 채근해본다

대추나무 푸념

화분에 몸담고 있을 때
해마다 알토랑 자식 키워냈다네
어느 해인가
자두나무 곁으로 옮겨져 땅에 뿌리내렸다네
아, 그런데 말이여
땅 기운을 받아서 그런지 너무 번성해
옆집 노파가 사는 담벼락으로 손 뻗지 말라고
쭉쭉 뻗은 팔이고 뭐고 죄다 절단되었다네
기역 자이거나 시옷 자로 만들어 버렸다네

봄꽃들 피고 지고 잎새 파릇한데
난 아직 혀끝 하나 내밀지 못했다네
늦게야 얼굴 내민다고 나보고 선비 나무라고 한다네
그렇게 산 지 오륙 년 되었을까
꽃은 띄엄띄엄 피워냈지만
열매는 열리지 않으니 말일세

참!

기역 자 왼 다리도 못 그리는 법이 있는가?

땅속으로는 니은 자로 뻗어가며 살아간다네

폭설

그해 봄에는 유난히 모과꽃이 촘촘히 만개했었지
그해 가을에는 주렁주렁 모과 풍년이었지
몇 바구니 가득 넘치도록 수확했었지
동네 이웃집에 서너 개씩 나누어 주었지

그해 겨울에는 우연히
가평에다 가겟집을 마련했었지
노후대책이랄까
주말이면 남편과 별장 다니듯이
자주 들렀었지

어느 해, 동지 지난 주말이었지
마유산 등산하고 돌아오던 길
기차를 타고 차창 밖을 보니
목화송이처럼 눈발이 세차게 휘날렸었지

펑펑 후루루 쏟아지는 폭설에

철로까지 덮쳐서 속수무책 정지한 기차
탑승자 모두 내려
눈길을 걸을 수밖에 없었지

정신 바짝 차리고 앞만 보고 걷다 보니
밝은 불빛이 보였지
마석 시내였지
택시가 우리를 기다리듯
즐비하게 서 있었지
이제 살았다 싶어
웃돈 많이 얹어주고 상경했었지

겨울만 되면 폭설에 묻힐 뻔했던
그 옛날 젊은 날의 필름
영화 명장면처럼 극락세계 불꽃이
오색 찬란하게 피어오르지

배롱나무의 진술

하늘에다 뿌리내린 오라버니
캄캄한 야밤에 날 찾아와
혼잣말로 중얼거린다

늙은 우리 엄마가 집을 나갔다고
노총각하고 바람이 났다고
집을 팔면 큰일 난다고

우리 동네에서 우물 있는 기와집
앞마당에 텃밭 있는 집은 우리 집뿐인데
집을 팔면 풍비박산이 난다며
야단법석이다

아니야 아니야 턱도 없어요
풍양조씨 양반집 선비의 막내딸
우리 엄마가 그럴 리 없어요

아버지가 젊은 과부와 잠시 눈 맞았을 때도

그냥 지켜보고만 계셨어요

한결같은 마음 우리 엄마가

그럴 리가 없어요

믿을만한 소문인가요 정말인가요

어쩌면 좋아 어쩜 좋아요

살아생전 외간 남자라곤

쳐다도 안 보시던 울엄마가

노총각 좁은 방에 누워계시다니요

아버지! 지금 어디 계세요

이 소문 좀 들어보세요

먼 하늘 바라보면서 목청껏 불러보는

아버지!

첫눈에 들다

거북등처럼 갈라진 대지에
훨훨 벚꽃잎 흩날린다
첫눈이 내린다

첫눈에 반했던 그녀의 첫사랑도
첫눈 오는 날이었다
완행열차 안에서 옆자리 내어준
그는 공군사관생도

늑장 부리며 왔다가
흔적도 없이 가버린 바람의 발자국

우산도 없이 눈길 밟다가
눈사람이 되고 싶던
눈송이 송이송이 받으며
먹고 싶었던
먹고 싶지 않았던

숨바꼭질하던 솜사탕

발길 뜸한 카페에 단둘이 마주 앉아
활활 벽난로에 장작불 지펴놓고
모락모락 피어오르는 흑장미 한 송이
찻잔에 뜬 눈썹달

쨍하고 부딪치는 대설주의보

이 성긴 쳇바퀴는 누가 돌릴까

누가 이런 작품을 만들었을까
어느 누가 이 쳇바퀴를 돌린단 말인가

청솔모가 와서 돌릴까
다람쥐가 와서 돌릴까

간밤에 우주에서 찾아와 온통
새하얀 세상 뿌리며 왔던 그이일까

숫눈길에 성긴 발자국을 찍은 산다화 꽃신
흔적 없이 벗어놓고 어디로 갔을까

붉디붉은 목숨이 통째로 떨어졌는데
동박새는 모르쇠 자물쇠를 채우고
뜬금없는 속눈썹의 이슬 하나
속절없이 떨구고 갔던가

애기동백 화분에 성긴 체, 하나
턱 하니 한가운데 중심 잡고
수평으로 꽂혀있다

철없는 가시내들

아파트 담장엔
등불처럼 매달린 장미 한 송이
추운 줄도 모르고 헤프게 웃는구나

우리 집 뜨락엔
눈시울 벌릴락 말락 진달래꽃 한 송이
보름째 볼 터치를 하고
이파리 죄다 떨궈버린 나뭇가지도
누구에겐가 부이부이 귀엣말을 하고 있다

동지를 열흘 남짓 남기고
임인년이 흘러가고 있는데
한 발짝 앞서서 봄맞이하는 너희를
어쩌나, 어쩌나, 어째야 하나
갑자기 폭설주의보라도 내리면

바닷새들은 철 따라

고깃배를 따라다니지만,

땅속에다 뿌리내린 붙박인 것들아

철없이 철도 모르고 얼굴 내민

철딱서니 없는 가시내들아

지문指紋 찍힌 악보

들머리 아지랑이 고갯길에서
수수꽃다리 보라꽃향기
포물선을 그린다

숨 가쁘게 걸어온
산 중턱 너럭바위에 앉아
한숨 고르고 있는데

저만치 얼굴 붉힌 명자꽃 양 볼에
요리조리 팔랑이던 하얀 나비 한 마리
살포시 나래 접고 치마폭을 감춘다

두고 온 백지에 기록 못 한
열 손가락 지문에 찍힌 악보
오선지 빈칸에다 날개를 달고
늘보 걸음 걷자고 재촉해본다

피아노 건반에 망자의 노랫소리가

선명하게 찍히는 이 순간

손바닥 일기장에 귀를 열어본다

나의 둥지 꽃기린

수유역에서 오패산 가는 길
빌라, 아파트 속 석조건물 단독주택
불혹을 훨씬 넘은 나이지만
떠받친 뼈대는 아직 싱싱하다

한세월 지나온 길 뒤돌아보니
아쉬운 회한悔恨의 뒤안길
인근 재래시장 우글대는
세파의 소음만큼이나 벅찼다

정원에 무성히 피어난 꽃들
진달래 각시붓꽃 수국 원추리 불두화
나도 저리 꽃다운 적 있었는데
세월의 비바람에 쓸리고 긁히어
돌탑 옆 구부정한 소나무처럼
내 몸꼴도 비스듬히 기울어져 있다

당신과 해로한지 다가오는 반세기

해란초꽃 피고 지고 갈매기 나는 바닷가에서

붉은 카펫 길게 깔아놓고

파도 소리 반주 삼아

조촐한 금혼식이라도 올려보고 싶다

5월의 화답

봄비에 옷자락 흠뻑 젖고 있네요
그대와 개울둑 산책길에서
파릇한 풀꽃과 찔레꽃 눈맞춤
녹음 짙은 슬픔 하르르 내려 앉네요

우정도 깊으면 사랑 된다잖아요
우리 뜨거운 정 서로 바라지 말고
엄동설한 진눈깨비 내리듯이
어둔 밤 하얀 먼지 씻어내며 살아요

성난 모래처럼 아득한 사막에서 나 홀로
술 취한 코끼리 만났으니
사는 일, 히치히치 할 수밖에요
오래 묵은 산빛을 거두어내려면
때론 봄비도 우박처럼 쏟아져야겠지요

오늘 아침, 동네 오패산을 오르니

솔빛 한층 더 푸르디푸르고

아카시아 꽃향기 무애無碍춤 추면서

홍진 껴안고 천만리 줄행랑 치네요

머리잖아 새장 속 새 한 마리

활개 펴고 높이 날아오를 수 있겠지요

A Response in May

Your clothes are soaked to the skin by spring
rain,

On the walking causeway beside rivulet with you,

In making eyes at each other between grass
flower and a wild rose

A green shaded sorrow falls down lightly.

If friendship is deep, it's liable to fall in love.

So not expecting to get hot love between us,

As if the sleet in a severe winwer is falling down,

Let's live wiping out white dusts in the dark night.

In the far desert of the raging sandy wind

I alone met a drunken elephant,

So, our leading life only picks up a scanty living.

In order to wash the outworn mountion's colors
out,

Sometimes even spring rain should be poured down like hailstones.

This morning, I climbed up the Opae mountain near village,

The pine's colors are still more geen,

And acacia-flower's fragrance, dancing like a Buddhist,

Was running far away embracing dusts in the world.

Befoer long a bird in a cage

Will soar up flapping its wings.

—Tr. by Won Eung-soon

■ 작품론

자연을 받아들이는 두 가지 방법

황정산(시인, 문학평론가)

1. 들어가며

산업혁명 이후 근대 사회는 끊임없이 인간과 자연을 분리하면서 발전해 왔다. 도시와 공장지대 같은 인공적 환경이 늘어나면서 자연은 점차 인간이 사는 공간에서 밀려나 주변부를 형성하게 된다. 자연은 개발의 대상이거나 인간의 손을 기다리는 탐험의 공간일 뿐이었다. 김동리가 김소월의 시 「산유화」에 나오는 "산에 산에 피는 꽃은 / 저만치 혼자 / 피어있네"라는 구절을 두고 "인간과 청산과의 거리"라고 해석했던 대목은 바로 이런 자연과 인간의 분리를 지적한 것이다. 일제에 의한 강제적으로 이루어지기는 하지만 김소월 시인이 활동하던 시기 우리 사회도 이미 이런 근대적 사회변화를 경험하고 있었던 것이다.

하지만 최근에 와서 사람들은 다시 자연의 중요성을 실감하고 있다. 그간 이윤을 위해 자행해왔던 자연 파괴가 인간의 삶까지 위협하게 된다는 사실을 깨달았기 때문이다.

최근 급격하게 진행되고 있는 기후 위기는 자연의 중요성을 더욱 절실하게 실감하게 해주고 있다. 근래에 와 자연친화적 작품을 쓰는 시인들이 많이 눈에 띄는 것도 이와 무관하지 않을 것이다. 이아영 시인도 그중 한 사람이다. 특히 이번 시집의 시들은 그간 우리의 삶에서 밀려나 있던 자연을 어떤 방식으로 다시 받아들여야 하는지에 대한 진지한 사색을 담고 있어 크게 주목된다.

2. 내 안의 자연 찾기

아무리 우리가 자연에서 멀어져 인위적 환경에서 현대 문명을 구가하면서 살고 있더라도 사람은 기본적으로 자연의 법칙에서 벗어날 수 없는 존재이다. 생로병사라는 벗어날 수 없는 우리의 삶의 조건은 이 자연이 설정한 한계를 넘어설 수 없다. 이아영의 시들은 이 자연의 존재로서의 자신과 자신 안에 엄연히 자리 잡은 자연의 모습을 그려 보여주고 있다.

원추리 한 송이 꽃대 올린 뜨락 너머
외줄 높이
레일바이크에 몸 맡기고 허공을 오른다

숨 가쁘게 키질하는 바람 한 자락
푸른 햇살 속에서 술래잡기하는가
솔숲 바위틈으로 소맷자락 감춘다

윤오월 초하루 염불 소리 청청한데
안경 밑으로 주르륵 눈물비
참회를 태우는 촛농의 그림인가

허접스러운 생각일랑 큰 바위 밑에 묻어둘까
흐르는 샛강으로 띄워 보낼까

물레방아 멎은 연못 속에는
황금물고기 두어 마리, 네 잎 클로버를 입에 물고
연잎 밑으로 지느러미 살랑거린다

올 같은 가뭄에도
큰 바위 밑에서 샘물 솟는 수암사水岩寺
외줄 타고 내려놓은 하심下心이다
　　　ㅡ「세심각洗心閣」전문

　시인은 마음의 안정을 얻기 위해 수암사를 찾았다가 거
기에서 여러 가지의 물을 만난다. 샛강도 보고 연못도 보
고 무엇보다도 "수암사"라는 절 이름 그대로 큰 바위 밑에
서 솟는 샘물도 만난다. 자연의 선물인 물이 있어 "네 잎 클

로버를 입에" 문 황금물고기라는 삶의 풍요도 "허접스러운 생각을 띄워 보낼" 강처럼 넓은 마음도 가질 수 있게 된 것이다. 그런데 더 중요한 것은 자연으로서의 물을 보고 나서 자신의 마음속에 흐르는 물의 속성을 감지할 수 있다는 점이다. 그것은 먼저 눈물의 이미지로 나타난다. 불상 앞에 켜 둔 촛불의 촛농처럼 마음속에서 흘러내리는 눈물은 참회와 마음을 내려놓은 하심의 표현이다. 시인은 절을 찾아 그곳에 있는 자연을 보면서 자기 마음속 깊은 곳에 자리 잡은 자연의 속성을 재발견한다. 그것은 아래로 자신을 낮추어야 하는 물의 마음이다. 그리고 그것을 통해 속세에서 겪은 마음을 씻어낸다. 이 시의 제목이 "세심각"인 이유가 여기에 있을 것이다.

다음 시에서는 자연을 통해 자신의 삶과 만난다.

아파트 울타리를 지키고 있는 넌
매년 이맘때면 자잘한
흰 꽃 웃음이 가득해

어느 누가 너를 보고
쓰다듬지 않아도
누구도 따라갈 수 없는 그윽한 체취,
봄비에 옷 젖는 줄 모르고
밤낮없이 서 있구나

칶캄한 밤하늘에 민낯으로 나타난
별나라서 날아온 엄마의 행주치마 냄새인가
온몸 스미도록 망부석이 되겠다
— 「「쥐똥나무꽃」 전문

  시인은 쥐똥나무꽃을 보고 사색에 잠긴다. 그런 자신을 "온몸 스미도록 망부석이 되겠다"고 표현하고 있다. 그런데 무엇이 시인을 망부석이 되게 만들었을까? 그것은 바로 쥐똥나무의 향기이다. 이 자연이 주는 "그윽한 체취"인 쥐똥나무꽃의 향기를 통해 시인은 자신의 삶을 있게 한 자신의 어머니를 느낀다. "별나라서 날아온 엄마의 행주치마 냄새"가 그것이다. 시인은 이 냄새로 생명체로서의 자신의 육신과 자기가 살아온 삶 속에 깊이 내재한 모성의 지울 수 없는 존재감을 확인한다. 쥐똥나무꽃 향기라는 자연의 선물이 자신의 몸속에 깊이 자리 잡은 자연의 생명력과 아름다움을 환기하고 있다. 그리고 그것을 "온몸 스미도록" 느끼고 있다.

  다음 시는 타인을 통해 자연을 느끼고 있다.

그녀가 주고 간 야생화 화분에서
좁쌀 한 알 만한 꽃 한 송이 피었다

허구한 날, 길에서 꿈을 줍는
폐품과 파지破紙를
눈 초롱초롱 뜨고 쉴 새 없이 헤맨다

한 번쯤은 흔들리는 오후 해먹에 누워
한가하게 조신의 꿈* 꿔 볼 만도 한데

수국꽃 지고 비 온 뒤에도
어느 골목길을 서성이는지
류머티즘에 걸린 갈퀴손
뇌리를 맴돈다

차곡차곡 모아 놓은
상자와 신문 사이
쪼그만 금관화꽃 말갛게 웃고 있다
　　　—「아미蛾眉의 꿈」 전문

　시인은 폐지를 줍고 있는 노인의 모습을 보고 있다. "류
머티즘에 걸린 갈퀴손"으로 "골목길을 서성이는" 모습을
시인은 안쓰럽게 바라보고 있다. 하지만 시인은 이 노인의
모습만 보는 것이 아니라 그 노인 옆을 지키고 있는 야생화
화분에 피어 있는 작은 꽃을 함께 보고 있다. 그 꽃의 생명
력과 아름다움처럼 어렵게 살아가고 있는 노인의 얼굴에서
아직도 남아있는 누에 같은 눈썹을 발견한다. 그런 다음 마

지막 행에서, 시인의 시선은 폐지 줍는 노인의 시선으로 바뀐다. 그리고 그 시선은 상자와 신문 사이에 환한 웃음으로 피어 있는 금관화꽃을 발견한다. 가난한 일상의 삶 속에서 발견한 자연의 모습이 희망과 기쁨으로 뒤바뀌는 순간을 맞이하는 것이다.

내 안의 자연을 발견하는 일은 도에 이르는 길이기도 하다.

동백숲 카멜리아 파란 샘터에
동박새 홀로 앉아
옴짝달싹하지 않고
무언가 깊은 사색에 잠겨 있다

이삼 분쯤 흘렀을까
두 날개 파닥이며
목욕재계 매무실 하더니
훌쩍 솟아올라
'명상의 집' 속으로 향한다

오가는 사람들 뜸해지고
땅거미 스멀대며 기어들 때
포행布行하던 내 발등에
동백꽃 한 송이 꽃술째 떨어진다

동박새 뒷일이 뭐 그리 궁금한지

연못은 알려나 연꽃은 알려나
입안에 갇힌 질문 한 수저
선문답의 깊은 뜻을 헤아릴 수 없다
—「묘법妙法 한 수저」 전문

　내 발등에 떨어진 동백꽃 한 송이는 자연이 내게 알려주
는 비의의 징표이다. 동박새가 "두 날개 파닥이며" "'명상
의 집' 속으로 향"하는 이유도 이런 자연의 참뜻과 인생의
의미에 대해 사색할 시간을 주기 위해서라고 시인은 생각
한다. 그리고 자연은 시인에게 선문답처럼 쉽게 헤아릴 수
없는 질문을 던져주고 간다. 시인이 시를 쓰고 자연을 노래
하는 이유는 아마도 그 질문에 대한 진정한 해답을 찾기 위
해서일 것이다. 내 몸과 내 정신과 내 삶 속에 파고들어 있
는 자연의 음성을 듣고 그것의 비의를 깨닫는 것, 이것이
이아영 시인 시들의 가장 중요한 성과가 아닌가 생각된다.

3. 자연 닮아가기

　자연을 받아들이는 방법 중 또 하나는 자연을 닮아가는
것이다. 인간도 인간이 살아가는 환경도 자연과 멀어지면
서 자연의 리듬과 자연의 소리를 잊고 살아가고 있다. 자연
이 주는 구체성을 망각하고 우리는 추상화된 숫자 속에서

살고 있다. 모든 것을 가격으로 환산하는 자본주의라는 사
회적 환경은 자연적 존재로서의 삶의 구체성을 지우고 상
투성과 자동화된 일상을 강요한다. 아무리 물질이 풍부해
도 피폐한 정신과 피곤한 육신으로 각박한 삶을 영위할 수
밖에 없는 현대인들의 모습이 이를 잘 보여준다.

　이와 반대로 이아영 시인은 자연으로 돌아가 자연을 닮
고 싶어 한다.

　　메뉴는 딱
　　보리밥과 막국수뿐인데요

　　보리밥 2인분을 시켜놓고 멀뚱히
　　한쪽 벽면에 눈길을 주었었는데요

　　…(중략)…

　　대여섯 가지 푸성귀를 넣고
　　고추장 참기름도 넣고 쓱싹쓱싹 비벼
　　배불리 먹은 뒤에 동동주를 한 잔씩
　　권커니 잣거니 못했지만, 별미 중의 별미였죠

　　사는 게 뭐 별거 있나요?
　　황사 바람 잦아들고 햇살 좋은 이런 날
　　당신과 오패산 데크 길을 산책하고 오다가

짜르르 시장기 돌 때쯤 그 집에 갑시다
산해진미 못지않게
보글보글 된장국으로 향수에 빠뜨리는
—「보리밥집」부분

   시인이 보리밥집을 자주 찾고 또 맛있게 생각하는 것은 많은 음식 중 보리밥이 가장 자연을 닮았기 때문이다. "대여섯 가지의 푸성귀를" 고추장과 참기름에 비벼 된장국에 곁들여 먹었을 뿐인데 어떤 산해진미보다도 맛있게 느껴지는 것은, 햇살 좋은 날 자연 속에서 하는 산책과 어울릴 뿐만 아니라 과거 자연과 함께 살던 농촌의 향수를 느끼게 하기 때문이다. 많은 양념과 복잡한 조리법으로 자연 본연의 맛을 잃어버린 다른 음식과 달리 보리밥은 가장 자연스러운 자연의 음식이며 자연 자체이기도 하다. 시인이 이 보리밥집을 "두고두고 가고 싶은" 이유는 이 보리밥과 같은 자연의 삶의 방식으로 살고 싶기 때문일 것이다.
   이제 다음 시에서는 자연물과 시인 자신은 하나가 된다.

   나를 탁본해 보실래요

   이끼는 이끼인데
   별같이 생긴 이끼일까요
   꽃같이 생긴 이끼일까요

뿌리같이 생긴 이끼일까요

나를 현미경으로 보실래요
꽃이라고 하면 꽃잎도 있고
꽃받침도 암술도 씨방도 다 있지요

다시 한번 관찰해보실래요
내 몸엔 달걀이 두 개 있어요
배와 등에 말이에요
이빨도 두 개 있다니까요
아무것도 씹을 순 없지만

뿌리, 뿌리는 아마도
못 찾으실 거예요

소리 없이 웃고는 있어도
속 깊이 울고는 있어도
도대체 눈물을 모르는 내 모습

앉은 자리가 꽃자리라고
살다 보니 눈물샘이 다 말라버린
별꽃뿌리이끼 여기 있어요
— 「별꽃뿌리이끼」 전문

　　"별꽃뿌리이끼"라는 식물은 이름에 별과 꽃과 뿌리가 들어 있지만, 어느 것도 확실히 보이지 않는다. 하지만 자세히 보면 꽃받침과 암술과 씨방을 갖춘 완전한 꽃이다. 비록 뿌리가 눈에 띄지 않아 별처럼 작게 자신의 존재를 드러내고 있을 뿐이다. 그래서 슬픔도 눈물도 쉽게 눈에 띄지 않는다. "자신의 자리가 꽃자리라고" 여기는 것처럼 자신이 놓여 있는 곳에서 타고난 그 모습으로 살다보니 "눈물샘이 다 말라버린" 다시 말해 슬픔과 고통을 견디는 강인한 존재가 되었다는 것이다. 그래서 작지만 "달걀"과 "이빨"을 가지고 있어 새 생명을 만들어내기도 하고 자신을 지킬 최소한의 무기도 갖게 된 것이다. 시인은 이런 별꽃뿌리이끼에 감정을 이입하고, 그것에서 자신의 삶의 모습을 발견한다.

최근 몇 년간 지구 전체를 공포로 몰고 간 COVID-19 팬더믹을 흔히 자연의 반란이라 얘기하기도 한다. 무분별한 자연 파괴를 자행한 인간에게 자연이 내린 경고라는 것이다. 시인은 이 팬데믹이 끝나가는 시점에 기쁜 마음으로 자연의 모습을 다시 한번 돌아본다.

나뭇가지마다 빠알간 앵두알
싱그럽게 웃고 있는 5월 아침
꽃사과나무 연둣빛, 애기방울소리 딸랑이고
전지 당한 키 큰 대추나무
금화조 둥지를 수평으로 매단 채

묘순妙順이와 묘남妙男이에게
가 나 다 라를 가르치고 서 있네

돌탑 옆, 블루베리꽃 진 자리에
각시붓꽃 보라 꽃물 스며들고
술래잡기하던 부전나비 한 마리
누구 품 안에서 나래 접고 있나

안개꽃 무리 속의 붉은 장미 한 송이
눈 시리게 찾아봐도 보이지 않네
바람 한 자락 구름 한 점 없는 심사心事
목울대 쿨럭이는 기침 소리만
뜨락 너머 종식역終熄驛으로 줄행랑치고 있네
　　　─「팬데믹 뜨락」 전문

　이 시에서 가장 중요한 부분은 마지막 행이다. 팬데믹이
종식되어 가는 시기를 시인은 "뜨락 너머 종식역으로 줄행
랑치고 있"다고 표현한다. 여기서 우리는 "뜨락 너머"라는
구절에 주목해야 한다. 뜨락은 모든 자연물들이 살아있는
곳이다. 각종 꽃과 나무가 있고 고양이와 나비들이 살아 뛰
고 춤추고 있는 곳이다. 그곳 너머 팬데믹이 종식되어 간다
는 것은 결국, 팬데믹이라는 자연의 반란도 자연에 의해서
만 견디고 극복될 수 있음을 말해준다. 자연이 주는 치유의
힘을 구체적 사물들을 제시함으로써 감각적 실감으로 우리

에게 환기하고 있다.

　자연을 닮으려는 시인의 눈은 이제 다른 사람의 삶마저 자연의 한 부분으로 생각하게 된다.

　　새벽 5시 37분 수유역 지하철
　　오이도행 첫차가 아직 도착하지 않았다
　　개찰구를 향해 걷다 눈에 들어온 그림 한 장
　　반가부좌 자세로 머리를 무릎에 처박고
　　요가를 하는 것인지
　　꿈나라 어느 모서리에 꽂혔는가
　　아니다!
　　구겨진 하얀 쪽지에 무얼 끄적이고 있다
　　지상은 동지를 재촉하는 눈발이 흩날리는데
　　여기가 천국이라
　　패랭이에 숟가락 꽂은 삶은 온데간데없이
　　꽃을 수놓는 백지의 노숙자
　　문득 뜰 앞에 반쯤 핀
　　사철패랭이꽃 옅은 향기가
　　첫차를 보내고 두 번째 전동차의 귀엣말을 듣는다
　　　　—「사철패랭이꽃」 전문

　시인은 지하철역에 앉아 있는 노숙자를 보고 사철패랭이꽃을 연상한다. 아니 어쩌면 그 반대로 사철패랭이꽃에서 노숙자의 모습을 보고 있기도 하다. 노숙자는 흔히 사회부

적응자나 사회적 실패자로 생각된다. 사회 안에는 그가 들어설 자리가 없다. 그래서 눈발 흩날리는 지하철역 입구에 겨우 자리를 잡고 삶을 영위하고 있다. 하지만 시인은 그에게서 "사철패랭이꽃 옅은 향기"를 감지한다. 그리고 그도 역시 "문득 뜰 앞에 반쯤 핀" 자연의 존재라는 것을 깨닫는다. 그렇게 보았을 때 노숙자의 모습은 가부좌를 틀고 요가를 하거나 꿈을 꾸는 도사나 몽상가의 모습으로 뒤바뀐다. 그의 삶도 자연 속의 한 부분이고 그 역시 천국을 꿈꾸는 소중한 존재라는 것이다. 시인의 따뜻한 마음이 돋보이는 아름다운 작품이다.

4. 맺으며

이아영 시인의 시들은 소박하고 따뜻하다. 그럴 수 있는 이유는 그의 시어들이 자연을 닮았기 때문일 것이다. 그의 시들은 인위적으로 언어를 비틀거나 현란 비유를 사용하지 않는다. 그러면서도 그의 시를 읽으면 사물의 구체성과 그것을 경험한 시인의 정서가 실감으로 다가온다. 자연스럽다는 것이 바로 이런 것이다. 이 자연스러운 언어를 통해 시인은 자기 안에 들어있는 자연의 질서를 재발견하고 우리가 잊고 살아가고 있는 자연의 목소리를 다시 불러낸다. 그리고 우리가 자연의 존재임을 다시 일깨워 현대 사회라는 이 허망한 인공의 땅에 든든한 삶의 뿌리를 내리게 한다. 다음 시는 이런 시의 길에 대한 시인 자신의 다짐이 아닌가 한다.

빈집 나 홀로 창밖을 본다

뜨락 너머 저만치 단풍나무 한 그루

연기 한 점 없이 꽃불 피운다
— 「한낮의 독백」 전문

이 시집의 시들이 바로 시인이 피운 이 "꽃불"들이다. 이 아름다운 열정을 통해 시인도 우리도 "빈집"의 공허와 권태를 견딜 수 있다. 자연을 닮을 시어의 힘이다.

불교문예시인선 057

별꽃뿌리이끼

초판 1쇄 발행   2023년 11월 10일

지은이   이아영
발행인   문병구
편 집   구름나무
디자인   쏠트라인
펴낸곳   불교문예출판부

등록번호   제312-2005-000016호(2005년 6월 27일)
주   소   03656 서울시 서대문구 가좌로2길 50
전화번호   02) 308-9520
전자우편   bulmoonye@hanmail.net

ISBN   978-89-97276-75-2 03810

* 본 도서는 한국예술인복지재단에서 창작지원금 일부를 지원받아 발간되었습니다.